Primera edición: septiembre 2003
Segunda edición: mayo 2004

Colección dirigida por Marinella Terzi
Traducción del alemán: Marinella Terzi

Título original: *Der Flug*

Impresores, 15 - Urbanización Prado del Espino
28660 Boadilla del Monte (Madrid)

ISBN: 84-348-9531-5
Depósito legal: M-18985-2004
Impreso en España / *Printed in Spain*
Imprenta: Orymu, SA - Ruiz de Alda, 1 - Pinto (Madrid)

EL BARCO DE VAPOR

Lidia y yo viajamos en avión

Dimiter Inkiow

Ilustraciones de Anne Decís

sm

Hay aviones que son más grandes
que una casa.

THEO

Con un avión de esos
Lidia y yo viajamos rumbo a América.

Me quedé con la boca abierta
cuando me subí al aparato.

—No me lo había imaginado tan
grande –le dije a Lidia–. ¿Y tú?

—Yo tampoco.

—Es un Jumbo –nos explicó papá–. Tiene trescientas sesenta y cinco plazas.

Y Lidia dijo que en un avión así
se podrían meter
todos los alumnos de su colegio
con el director
y los profesores juntos.
Y hasta las señoras de la limpieza.
Al final de todo.

¿Pero ese cacharro gigantesco
sería capaz de volar?
Yo no estaba seguro del todo.
Una mujer vestida de uniforme
nos mostró nuestros asientos.
Estaban los cuatro
uno al lado del otro.

Lástima que solo hubiera uno
junto a la ventana.
Tanto mi hermana Lidia como yo
lo queríamos.

Y nos tiramos sobre él
con tanta fuerza
que los dos nos caímos al suelo.

—¡Quiero el asiento de la ventana!

—¡Que no! ¡Lo quiero yo!

—¡No! ¡Yo!

—Mamá,
¡yo me quiero sentar en la ventana!

—Papá,
¡yo he visto el asiento primero!

La mujer de uniforme
que nos había enseñado nuestro sitio
se rió y dijo:

—Hoy el avión no va lleno.
Os daré a los dos
un asiento junto a la ventana.
Solo tenéis que esperar un poquito.

Y cumplió lo prometido:
nos proporcionó dos sitios
al lado de la ventana.

Y, además,
cuando le dimos las gracias,
nos trajo dos *coca colas*.

—Es una azafata
–dijo mi hermana Lidia–.
Cuando sea mayor,
yo también seré azafata.
Y viajaré por todo el mundo.

—Yo también, yo también.

—¿Tú también?

—-¡Sí!

—¿Y cómo lo vas a hacer?

—Seré piloto.

El piloto del avión
en el que tú trabajes de azafata.
¿Guay? ¿No?

—¡Guay!
–asintió Lidia–.
Pero con un piloto como tú
me va a dar miedo volar...
"No, Lidia,
no tienes por qué tener miedo",
iba a decir yo
cuando vino la azafata de nuevo.

—Tenéis que abrocharos el cinturón
–dijo, y luego despegamos.

—¿Tienes miedo?
–le pregunté a Lidia.

—No. ¿y tú?

—Yo tampoco

–dije,

aunque sí tenía un poco.

Pero es que estábamos muy alto.

Ojalá no nos cayéramos,

pensé.

Desde arriba
las personas parecían hormigas.
Y los coches...
coches de juguete.

Entonces
subimos todavía más arriba,
y las personas ya ni siquiera se veían.
Y de pronto...

de pronto sentí
que tenía que ir al servicio.
Era muy urgente.
—Lidia,
tengo que ir al servicio.
Me lo hago...
—¿Grande o pequeño?
—¡Grande!
—Madre mía... ¿Ahora?
—Sí.
¿Sabes dónde están los servicios?
—¿Pero tú crees que aquí habrá
alguno?
—¿Qué me estás diciendo?
¡No hay servicios aquí?
–pregunté horrorizado.
—Tendremos que preguntarlo
–dijo Lidia–.
Pero si yo fuera tú,
me aguantaría hasta América.

—¿Taaanto tiempo?

—Así hay que hacerlo si se vuela –dijo ella.

—¿Por qué?

—Imagínate que no estás volando sino que estás abajo.

Miré por la ventana hacia abajo y dije:

—Me lo imagino. ¿Y?

—Imagínate que un avión pasa por encima de ti...

—Me lo imagino.

—Imagínate que alguien hace sus necesidades allí arriba...

—¿Y me cae en la cabeza? –dije asustado.

Mi hermana Lidia asintió encantada.

—Por eso
no creo que haya servicios aquí
–dijo.

¿Sería cierto eso?

—¿Y qué pasará
si no me puedo aguantar hasta América?

—¡Tienes que aguantarte!

—Bien –acepté–.

Lo voy a intentar.
Pero antes
le voy a preguntar
a la azafata.
A lo mejor sí que hay.

Le pregunté a la azafata.
Y fue una buena idea.
Me mostró los servicios.
Estaban en la parte de atrás
del avión.
Ocho cabinas.
Mi hermana Lidia se quedó helada.

Más tarde
Lidia y yo miramos
por el agujero del váter.

Queríamos ver
si se veía la Tierra.
Pero no vimos nada.

Entonces Lidia me dijo
que ya comprendía
por qué había servicios en el avión.
—Volamos rumbo a América.
Cuando se vuela rumbo a América,
hay que cruzar el océano.
Y el océano es un lago enorme.
Ni una persona...
¡solo agua!

—¡Y tiburones, Lidia!
–dije yo–.
¡No olvides los tiburones!